다 그런 건 아니야

강민혁 지음

무심히 떠오르던 단어들

당연하게 여기던 문장들

언제나 함께했던 이야기들

다 그런 건 아니야

생각할 공간이 점점 사라져 간다. 종이신문을 보며 생각하다가 이젠 인터넷 신문의 제목만 보고, 다른 사람들의 생각이 더 궁금한지 댓글을 본다. 좀처럼 나에게 생각할 시간을 주지 않는 것이다. 쫓기듯 나만의 공간으로 생각하러 떠나면 주변에서는 시간이 없다며 결론을 내주었다.

주변을 둘러볼, 생각해볼 여유가 없었다면 이 책 역시 세상 밖으로 나오지 못했을 것이다. 빠르게 변하는 세상 속에서, 어서 따라가기 급급한 일상 속에서 잠시 머물렀던 발걸음, 그리고 시선에 대한 생각을 이 책에 담아보았다.

당연하게 옆에 있었던 것들에 문득 말을 걸어 보았다. 거기서부터 시작이었을까. 그 어떠한 것을 가만히 쳐다보았고, 그 말 하나하나를 들여다보기 시작했더니 그 안에서 이야기가 쓰여졌다.

너무나도 당연했던 것들. 그래서 생각조차 하지 못했던 것들을 다시 떠올려보니 조금 더 세상이 다채롭고 신비로워지더라. 한번 시작된 새로운 이야기에는 작지만 내게는 소중했던 물건들, 사람들, 기억들이 있었다. 그리고 그 안에 당신과 나의 이야기가 숨 쉬고 있었다.

항상 가까이 있던 무언가를 뜬금없이 사랑하고 아껴보

며 옆에 두어보았고, 도저히 이해되지 않아 섞일 수 없는 것들을 고스란히 서로 바라보게 두었다. 스치듯 흘러가는 단어를 불현듯 부여잡고 나의 공간으로 끌고 들어와 새로이 내 것으로 만들어 보았다.

그리고는,

다 그런 건 아니라고 나 자신을 위로했다.

다 그런 건 아니니까, 이 책을 읽는 여러분도 여러분만의 공간 안에서 위로받았으면 좋겠다.

소중한 것들을 더 이상 쉬이 흘려보내지 않기 위해 잠시 시간을 멈추어 글로 담았다. 여러분 또한, 글자 안에서 잠시나마 발길을 멈추는 시간을 갖게 되기를.

나를 숨기던 마침표에서, 나를 드러내는 쉼표로

첫 책을 출간하고 '작가'라고 불렸을 때, 그저 신기하기만 했다. 내 안의 이야기를 한 권의 책으로 묶어냈다는 사실만으로도 스스로 대견하고 자랑스러웠다. 다만 '단상집'이라는 장르적 모호함이 주는 아쉬움은 늘 있었다. 시나에세이처럼 조금 더 명확한 방향을 잡아야 했나, 뒤늦은 고민이 남기도 했다. 하지만 내가 글을 짧게 끊어 쓰는 습관을 갖게 된 데에는 사실 나름의 절실한 이유가 있었다.

나는 내 글을 무척 아낀다. 꺼내 읽을 때마다 매번 새롭게 다가오는 그 문장들을 좋아한다. 다행히 많은 독자가 좋은 평을 남겨주었지만, 때로는 '결국 사랑 이야기 아니야?'라는 식의 단편적인 시선과 마주할 때도 있었다. 설령 그 안에 사랑이 담겨 있을지라도, 나는 내 글이 읽는 이의 마음과 상황에 따라 저마다의 색으로 해석되길 바랐다.

처음 책을 낼 때, 이름을 밝히고 싶지 않았다. 내 이름 석 자가 주는 선입견이 독자의 상상력을 방해할 것만 같았기 때문이었다. 작가가 어떤 삶을 살아왔는지 모르는 상태에서, 온전히 낯선 시선으로 문장 사이의 여백을 채워주길 원했다. 내 글이 함축적이고 짧아진 것 역시 같은 맥락이다. 글은 목소리처럼 감정을 직접 실어 나를 수 없기에, 구구절절 설명하며 길게 늘어놓기보다는 독자가 그 여백에서 한 번 더 머물며 스스로의 감정을 투영

하길 바랐던 것이다.

하지만 2022년, 첫 출간을 지나 이번 개정증보판을 준비하며 나는 비로소 내 안의 솔직한 변화를 마주한다. 왜 나는 그토록 숨으려 했을까. 어쩌면 타인이나 가까운 사람들이 나를 오해하는 것이 두려워, 나 자신을 보호하기 위해 방어기제를 세우려던 건 아니었을까. 나조차 나를 모를 때가 많은데, 타인이 나를 온전히 이해해주길 바라는 건 어쩌면 불가능한 욕심일지도 모른다.

기억을 거슬러 올라가면 열아홉의 내가 서 있다. 대중 앞에 섰던 그 어린 나이에 감당하기 벅찬 차가운 오해와 마주해야 했던 시절. 아무리 노력해도 돌아오는 날 선 시선들을 이해하기엔 너무 어렸던 나는, 그때 이미 알아버렸는지도 모른다. 세상 앞에 나를 활짝 열어 보이는 것이 얼마나 위태로운 일인지를. 애초에 상처받을 빈틈을 내어주지 않기 위해 나를 감추고 입을 닫아야 했던 그 시절의 두려움이, 지금껏 나의 문장들을 짧은 감옥 안에 가두어 두었던 것은 아닐까.

이제 다시 글을 쓰며, 첫 책에 담긴 나를 돌아본다. 여전히 부족하지만, 그 안에서 서툴게 숨어있던 나를 발견하는 과정은 무척이나 신비롭다. 그리고 이제는 그 숨겨둔 이야기들을 조금 더 길게, 조금 더 용기 있게 꺼

내 놓으려 한다. 나를 보호하기 위해 닫아걸었던 문장들을 열고, 있는 그대로의 나를 담아낼 용기를 얻었기에 이곳에 좀 더 나다운 이야기, 더 새로운 이야기를 채울 수 있었다.

무심히 떠오르던 단어들

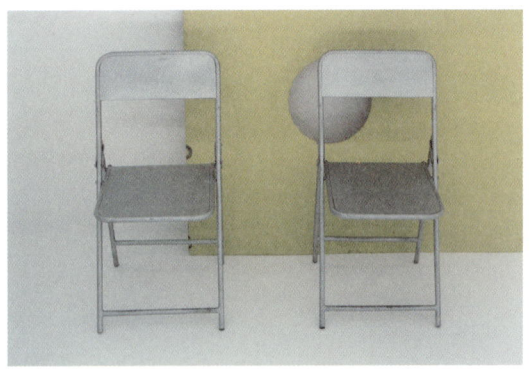

애청자

드라마 속 사랑과

현실 속 사랑의 가장 큰 차이점이 뭔 줄 알아?

여운, 그리고 여유의 유무.

드라마 속 한 장면은

현실 속 사랑의 한 장면을 길게 늘여 놓은 듯

여운과 여유가 느껴져.

마치 슬로우모션처럼.

지금의 삶을 조금만 더 느리게

여운을 갖고 여유롭게 살아보려 한다면

이 공간과 순간이 드라마 속 한 장면처럼

남을 수 있을 거야.

전자레인지

전자레인지를 돌렸다.

카운트가 시작되고 나의 시선은

30초라는 숫자에 맞춰졌다.

30초.

문득,

'저 시간이면 다른 일을 할 수 있겠다.'라고 생각했다.

CD플레이어의 CD를 재생시킬 수 있고

방에 들러 옷을 갈아입을 수도 있다고 생각했다.

그렇게 등을 돌렸다가 다시 고개를 돌렸다.

20초.

문득, '20초를 기다릴 잠깐의 여유도 없는 건가?'란
생각이 들었다.
다시 한번 나의 시선은 20초라는 숫자에 맞춰졌다.
음식이 데워질 때 풍기는 맛있는 냄새를 맡을 수도 있고
세 번 울리는 알람 소리를 들으며 '드디어'라는
설렘을 느낄 수도 있는데.

그렇게 전자레인지 쪽으로 발걸음을 옮겨
줄어가는 시간만 바라보았다.

10초. 9초. 8초. 7초…
하루 24시간. 1,440분. 86,400초 중의 1초.

멈출 수 없는 시간 속

사라져가는 1초를 바라보길 선택했던 걸 후회했다.

알림이 울리고

나에게 미안했다.

그리고 슬펐다.

1초도 날 사랑한 적이 없었다.

알림이 울리고 나에게 미안했다.
그리고 슬펐다.
1초도 날 사랑한 적이 없었다.

몽환夢幻

꿈을 자주 꾼다.

눈을 뜬 순간 꿈인지 현실인지

분간할 수 없을 만큼 생생하던 그 꿈이

일상이 시작되면서 까마득히 사라지는 허무.

분명 꿈에선 파고든 감정이 있었는데

아무리 기억하려 애써봐도 느껴지질 않는다.

내가 널 만났던 순간들도

네게 느꼈던 감정들도

네가 눈뜬 순간 꿈이 된 건 아닐까.

꿈을 자주 꾼다.

나는 아직 깊이 잠을 이루지 못하고 있단 거다.

십오월

날이 따뜻해져 꽃이 피고

어느새 푸른 잎들이 나뭇가지에 찾아와

뻣뻣하게 뻗었던 나뭇가지를 깨워 스트레칭해준다.

야구 시즌의 시작을 알리는

개막전을 TV로 보다 잠깐 창밖을 보면

봄이 싫은 이유인 황사마저 찾아왔는데

누가 봐도 겨울은 녹아내리고 봄이 불어왔는데

나는 아직 겨울이라 생각하는지

따뜻한 옷을 찾고 겨울 이불을 그대로 둔다.

불어온 봄을 눈으로 보고도

집 안의 커튼조차 걷어내지 못한 채

겨우내 얼어붙어 녹아내리지 않는 마음을

걷어내지 못한 채

그저 다시 핀 꽃만 바라보고 있다.

바다

무엇이든 집어삼킬 듯 몰아치던 파도도
시간이 지나면 거짓말처럼 고요해진다.
내 마음을 헤집어놓는 거대한 시련도
언젠간 끝이 나고 다시 잔잔해진다는 뜻일 거다.

가끔은 누군가 무심코 버린 감정의 찌꺼기들로
마음이 심하게 얼룩져 수면 위를 떠다녀도,
결국 내 곁에 머무는 다정한 사람들의 손길이 모여
마음은 다시 본래의 맑은 빛을 되찾곤 한다.

사람들은 수면 위의 거친 파도만 보고
바다를 아는 척하지만,

진짜 수백 미터 아래의 깊은 속까지
안다고 할 수 있을까.

타인이 내 마음을 함부로 추측하고 재단해도
굳이 해명할 이유도, 상처받을 필요도 없다.

그러니 억울할 것도, 조급할 것도 없다.
난 마음속에 거대한 바다 하나를 품고 있다.

묵비권

눈을 뜨면 생각을 읽히고

입을 열면 마음이 들킨다.

그래서 가만히 있는 거다.

숨은그림찾기

구름에 가려 하늘의 달이 안 보일 땐

가장 밝은 구름을 찾아.

그 속에 달이 숨어있어.

사람에 가려 네가 안 보일 땐

가장 밝은 사람을 찾아.

그 속에 네가 숨어있어.

자아성찰

가만히 벤치에 누워 밤하늘을 보고 있으면

날 기다리기라도 한 듯

하나하나 숨어있던 별들이

나를 위해 고갤 내밀어 준다.

안녕.

오래 볼수록 많이 보이는구나.

오래 볼수록 더 빛이 나는구나.

널 보는 게 이런 느낌이겠구나.

감사

난 아직 자신감이 부족하다.

그런 내게 약간의 자신감이라도 생긴 거라면

그것은 감사한 분들에게 보답하기 위함이다.

내 자신감의 근원은 감사함이다.

감사할 사람이 있다면 자신 있게 나선다.

그 사람들을 위해.

내가 점점 자신감을 갖게 되는 이유는

감사한 사람이 많아서이겠지.

한마디

'그리움'이라고 말하기엔 간절함이 부족해 보이고
'기다림'이라고 말하기엔 비겁함이 담겨 보인다.

'사랑'이라는 말을 담고 있지만
그걸 전달하고자 하는 건 아니고
'보낸 이'가 말은 전했지만 '받는 이'가
정확하게 무얼 받았는지 모르는 말 같다.

한마디 들으면 수 마디 들은 느낌이고
한마디 전하면
하고 싶은 수 마디 말이 정리되는 느낌이다.
그래서 꼭 내가 하고 싶은 한마디 말이고

꼭 듣고 싶은 한마디 말이다.

보고 싶다.

보고 싶어.

택시 아저씨

자주 가던 동네에 전화 한 통이면 금방 온다며 늘 한결같은 미소로 돌아가는 길을 안내해주시던 택시 아저씨가 있었다. 함께 낚시 이야기와 세상 이야기하는 재미가 있던 택시 아저씨.

동네에서 볼 일을 마친 후 아저씨께 전화하고 기다리는 시간 동안 나는 공원에서 턱걸이도 해보고, 사진도 찍고, 오늘은 달이 얼마나 차올랐을지 고개를 들어 확인도 하며 시간을 보냈다. 그러면 어느새 도착을 알리는 전화가 왔다.

운전해본 사람들은 안다.

자신이 택시를 그다지 좋아하지 않는다는 것을.

나와 다른 운전 습관을 지닌 사람의 차를 탄다는 것은

역시나 편치 않은 일이다.

택시를 자주 타본 사람들은 안다.

어떤 택시 기사님이 마음 편히 내가 가고 싶은 곳에

데려다줄 수 있을지.

나와 마음이 맞는 택시 기사님을 만난다는 것은

참 쉽지 않은 일이다.

오늘 그 두 가지 면에서 참 좋았던 아저씨와 작별 인사를 했다. 더 이상 이 동네에 자주 오지 못할 것 같아서.

"아저씨, 장마여도 내리지 않는 비 이야기를 우리가 참
많이 했는데, 여름이 다 지나가는 오늘 밤은 비가 많이
내리네요…."

그렇게 아쉬움과 외로움, 추억을 안고 쓸쓸히 돌아서며
그 동네와 작별 인사를 했던 비 오는 어느 여름날.

"아저씨 덕분에 조금은 덜 외롭고, 잠시 동안 돌아가는
길이 편했습니다."

택시를 자주 타본 사람들은 안다.
어떤 택시 기사님이 마음 편히 내가 가고 싶은 곳에
데려다줄 수 있을지.

그저

욕심이 없고 꾸밈이 없어 그대로 전하는데 용이하며

무게가 느껴지기도, 안 느껴지기도 하는

마치 공기를 담은 듯한 단어.

선풍기

무더운 여름날 선풍기가 회전하면

나만 바라봐줬으면 싶다가도,

선풍기가 한없이 나만 바라보며 날개를 돌리면

두루두루 넓게 바라봐줬으면 싶다.

'회전'과 '고정' 없는 선풍기는 본 적이 없다.

고개를 숙이기도 올리기도 하는,

때론 내 말을 바보같이 따라 하는 것 같은,

모터로 돌아가는 저 선풍기에게 마저 욕심부린다.

너는

시간이 지나도 내가 봐달라고 하면 봐줘야 된다.

스크린도어

서로의 집이 반대여도

지하철 플랫폼 두 갈래 길에서

놓기 싫은 손을 겨우 풀고 돌아서더라도

저 멀리 마주하며 잘 가라고 소리 지르곤

웃으며 손 흔들던 때가 있었는데.

너 때문에 망했다.

(이제 너는 어떤 새로운 낭만을 줄 수 있니?)

그대가 닿았던 모든 곳은

가만히 있어도 떠오르고

스치기만 해도 미치게 하네.

손길이 닿아버린 순간은 후회해도 늦었고

내가 후회한 만큼

그 자린 다시 상처가 생겨버렸구나.

이 여름은 온통 그대 때문에 잠 못 이루는구나.

모기

세수

샤워기를 잠그고

샤워 부스 손잡이에 손을 올리다 생각났다.

'내가 세수를 했나?'

다시 샤워기를 켰다.

'큰일 났다.'

서로 엇갈리기만 했던 둘은

누굴 보고 반했는지,

이제 서로 마주치기 시작했다.

설레는지 그렇게 마주한 채로 부르르 떨며

내 입으로 다가왔다.

젓가락

무심히 떠오르던 단어들

참새가 짹짹거리며 깨우는 아침.

매미 소리에 절로 눈 떠진 아침.

낙엽 쓰는 소리에 알게 되는 아침.

달그락, 그릇 소리와 함께 밥 먹는 아침.

파도 소리에 미소를 머금는 아침.

눈을 뜨지 않아도 촉촉한 소리와

심호흡 한 번에 오늘 하루의 모든 공기를 다 마신 것 같은

아침

밝음이 돋보이는 시간.

그저 어둠이 조금 더 강한 시간.

어느새, 자연스럽게, 물들어가는 시간.

저녁

강추

좋아 보이는 차를 한번 타보려 하는 것보다

걷기 좋은 장소를 한번 걸어보려는 것이 더 좋다.

.

.

.

당신이

사람이거나

강아지거나

고양이라면

내 말을 듣는 게

좋다.

커피

우리가 커피를 마시는 데에는 수많은 이유가 있다.

아침잠을 깨우기 위해, 밥을 먹은 뒤 여유를 갖기 위해, 낯선 이와의 어색함을 숨기기 위해, 그리고 밤을 새운 야근으로 쏟아지는 피곤을 물리치기 위해…

우리는 하루에도 몇 잔씩의 커피를 마신다.

가끔은 왠지 쓴 아메리카노를 마시고 싶을 때가 있고, 기분이 꿀꿀할 때엔 어쩐지 달달한 마키아토가 생각나기도 한다. 난 더운 여름이 아닌 모든 날에 따뜻한 아메리카노를 마시지만, 가끔은 다른 커피를 마셔보고 싶기도 하다. 그러나 단체로 커피를 주문할 때엔 늘 '나도 같은 걸로.'라고 말하는 편이다. 그래야 주문하러 가는 사람이 조금이라도 편할 테니까.

내가 여름보다 겨울을 좋아하는 이유는,
더운 여름날 받는 시원한 느낌보다 추운 겨울날 받는 따
뜻한 느낌이 더 좋아서이다.

내가 시원한 커피보다 따듯한 커피를 좋아하는 이유는,
아이스커피의 시원한 얼음보다 뜨거운 커피를 받을 때
의 따뜻한 손잡이가 더 좋아서이다.

음,
그게 뭐든

시원하든, 따뜻하든, 아메리카노든

시럽을 넣든, 안 넣든, 마키아토든, 라떼든

이렇게 커피 이야기를 했지만

그 사람은 커피를 싫어한다.

음,

'못 마신다.'라고 하는 게 맞나 보다.

그래서 커피 대신,

"여기 따뜻한 차 두 잔이요."

시작

모든 것에 당신이 담기기 시작했다.

아니,

당신이 모든 것이 되어 버린 거겠지.

한 방울

나에게는 물이 필요하다고 합니다.

그러나 그대는 물이 아니어도 좋습니다.

그대가 흙이어도, 바람이어도, 불이어도 상관없습니다.

그대는 나에게 물이 되지 않아도 좋습니다.

이곳에 태어난 나는 채워지지 못해도 나일 뿐입니다.

혹시 다가올 그대여

나에게 필요한 물은 생각하지 말고 오서도 됩니다.

그대의 흙 속의 물 한 방울 모아주시고

그대의 바람으로 물 한 방울 날려주시고

그대의 불을 피워 물을 불러주십시오.

나에게는 그 물 한 방울 담아낼 작은 마음 하나

갖고 있으니,

딱 한 방울만 나에게 주시면 됩니다.

대신 소중한 그대의 눈물 한 방울은

내 손으로 닦아 훔쳐도 되겠습니까.

나에게는 그 물 한 방울 담아낼 작은 마음 하나
갖고 있으니,
딱 한 방울만 나에게 주시면 됩니다.

무심히 떠오르던 단어들

아기

누워있는 내 위로 올라오는 게 왜 좋은지 알았어.

서서 나를 안아줄 때보다

나를 더 꽉 안아주는 느낌이 드나 봐.

오늘

'오늘'

나는 너와 대화하고 싶어서 문자라는 힘을 빌렸다.

'오늘'

나는 너에게 전하고픈 말이 있어서

전화라는 더 큰 힘을 빌렸다.

'오늘'

나는 받지 않는 전화에도 신호를 보내며

더 용기를 내봤다.

'오늘'

나는 더 큰 용기를 내서 너를 찾아 나섰다.

'오늘'

나는 또다시 결심하고 너와 마주하기만 기다렸다.

널 붙잡아야 하는 용기는 '오늘'밖에 부릴 수 없음에도

또 다른 '오늘'에 고개를 숙이고 말았다.

지나가 버린 '오늘'에는 모든 용기를 부리지 않았다.

'그래, 오늘은.'이라고 생각했던 용기는

또 다른 '오늘'에 무릎을 꿇고 말았다.

우리가 더 이상 만날 수 없게 된 오늘도

이렇게 지나가 버린다.

이미 지나가 버린 오늘이 너무 많았을까.

'오늘'은 널 잊기 위해 할 수 있는 모든 용기와 결심을

다 해보려고 한다.

난제

정말 단 한 번 이기적이고 싶을 때가 있어.

근데 그게 욕심이라고 하더라.

혹시 몰라 아이처럼 욕심을 부려야 할지

마지막까지 이기적이지 말아야 하는 건지.

먼지

내가 당신 옆의 먼지가 된다면

그래도 당신이 털어주는 먼지가 되겠죠.

그리고 다시 옆자리에 앉는 먼지가 되겠죠.

그렇게 다시 마주할 수 있는 먼지가 되겠죠.

난 그렇게 먼지가 되어서라도

당신 곁에 있고 싶네요.

냉탕

따뜻하게 끓여 마시려던 차에 혀를 데어

찬물을 입 한가득 넣었고

따뜻하게 데워 먹으려는 음식에 손을 데어

귓불에 손을 갖다 대었고

따뜻하게 해준 널 안으려다 마음을 데어

냉탕에 몸을 집어 던졌다.

무식

교과서 한 페이지가 시험에 나온다고 달달 외웠던
순간이었을까.
막차를 놓칠까 미친 듯이 뛰어가는 순간이었을까.
동네 싸움 구경났다고 꼭 봐야 한다는 순간이었을까.

그대를 만나러 가는 길만큼 무식해 본 적 없었다.

안녕

여지를 남기지 않으려 했지만

여운조차 남기지 못한 채 안녕.

악담

이 비가 너의 슬픔을 대신해 주는 거라 생각하지 마.

저 빛이 너의 좌절을 일으켜 주는 거라 생각하지 마.

어쩌다 내려오는 비에 잠깐 네가 젖어 들고 싶었을 뿐.

당연히 내려오는 빛에 잠깐 네가 기대보려 했었을 뿐.

모래시계

모래가 다 떨어졌다.

그래도 오랫동안 떨어뜨렸다.

모래가 다 떨어졌다.

너무 많이 떨어뜨려 부담이 되었을까 돌려주지 않았다.

모래가 다 떨어졌다.

더 채울 수도, 뺄 수도 없는 모래는 중력에 의해

다 떨어졌다.

중력을 거슬러 잡아당겨 올 수 있어도 그건,

시간을 되돌리는 것일 뿐 너로부터 전해지는

모래가 아니다.

모래는 다 떨어졌다.

무심히 떠오르던 단어들

꽃

그게 좋으냐?

…

그게 왜 좋으냐?

…

금방 피었다 지는데 왜 좋으냐?

부스럭부스럭 말라 죽는 그걸 왜 좋아하느냐?

…

피었을 때 마주한 그 순간의 행복이 그리 좋은가 봅니다.

그래서 그 아일 꽃으로 기억하나 봅니다.

착각

대화하는 걸 좋아하는 줄 알았다.

그런데 돌이켜 생각해보니 나는 말수가 참 없었다.

어렸을 때부터 학교에서 있었던 일을

제대로 부모님께 이야기한 적 없어서

늘 다른 친구들의 부모님이 자식 이야기할 때

할 말 없어 하시던 우리 부모님이셨다.

아기 때부터 하나뿐인 동생이라고 씻겨주며 키워준

누나에게 먼저 친근하게 웃으며 대화한 기억조차 없다.

아버지하고는 술 한잔 기울인 적 없으며

아버지의 학창 시절 이야기조차 물은 적 없다.

친구들에게도 그랬고, 친한 사람들에게 모두 그랬다.

관계가 형성되고 믿음이 붙는 순간,

나에게 대화는 중요하지 않았다.

표현하지 않아도 알아줄 거니까.

그런 관계이기 때문에.

나는 말하지도 않으며 그들과 대화하고 있었나 보다.

나는 잠시 내가 대화하는 걸 좋아한다고 착각하고

있었나 보다.

싶었어

학교에서 열심히 수업을 따라갔어.
잘 지내고 싶어서.

학원에 갈 땐 한껏 꾸미고 갔어.
잘 지내고 싶어서.

혼나기 싫어서 거짓말을 했고
초라해지기 싫어서 허세를 부렸어.
잘 지내고 싶어서.

아는 척, 잘하는 척,
아니 때로는 아무것도 모르는 척.

앞으로 잘 지내보고 싶어서.

나만 살겠다고 모른 척도 했었어.

불의를 보고도 꾹 참아버렸어.

잘 지내고 싶었거든.

애늙은이처럼 성숙한 척,

때론 쿨한 나쁜 남자처럼,

아무 일 없는 듯 행복한 척했어.

잘 지내고 있다고 말하고 싶어서.

지금 이 순간도 계속 고민하고 있어.

너랑, 잘 지내고 싶어서.

결국 우린 다,

잘 지내고 싶어서 그랬던 거야.

지금 이 순간도 계속 고민하고 있어.
너랑, 잘 지내고 싶어서.

이유

나는 단 한 가지 이유로 수만 가지를 용서했지만

너는 수만 가지 이유로 중요한 한 가지를 잃었어.

겁쟁이

꽃이 좋아진 당신의 모습을 보니

이젠 내가 꽃마저 피하고 싶어지는 건

꽃을 마주하게 되면

당신이 좋아할 모습이 떠올라서야.

카메라

때아닌 카메라 토론…

"카메라가 우리의 눈만큼 담아낼 수 있다면 좋을 텐데."

"눈만큼 담아내지는 순간이 온다면 슬퍼질 거야."

카메라로 찍어 담아내는 것 자체의 의미와

머리와 마음으로 더 끌어낼 수 있는 의미가

사라질 때의 아쉬움과 슬픔.

단지,

그저 그 의미를 더 크게 담아내고 싶은 욕심.

모르겠다. 오늘 핫 토픽은 카메라였어.

눈만큼 담아내지는 순간이 온다면 슬퍼질 거야.

오늘 핫 토픽은 카메라였어.

무성히 피오르던 단어들

뫼비우스의 띠

대회를 위한 실전 연습에서 졌다고

실패라고 말할 수 있을까.

수많은 훈련과 연습으로 대회에 나가 금메달을 땄다고

성공이라고 말할 수 있을까.

끝없이 좋은 성과로 정상을 꿈꾸다 2등을 했다고

실패라고 말할 수 있을까.

길어야 고작 100년이란 시간을 다 보내고 나면

알 수 있을 텐데

지금 판단하기엔 너무 이르지 않을까.

성공과 실패.

당신이 세상의 빛과 공기가 사라질 때를 느낄 즈음이면

알게 되겠지.

성공을 위한 실패였을지

실패를 부른 성공이었을지.

일방통행

눈물 하나가 길을 만들며 내려온다.

정말 빠르게 일방통행 길 하나를 만들어 놓는다.

흐를 곳 없던 곳에 길 하나 터주니

기다렸다는 듯 그 길을 타고 내려온다.

눈물 하나가 다른 길을 내어 내려온다.

조금 느리게 다른 길 하나를 더 만들어 놓는다.

길이 가득 차버린 탓에 하나 더 터주니

두 갈래 길에 고민이라도 하는지

다시 눈에는 눈물로 가득 차버렸다.

묵념

세상이 너무 험난해서

세월이 흘러도 힘든 건 여전해서

지하철 안의 사람들은 모두 서로를 위해 묵념하고 있다.

용서

사랑이라는 단어에는

무수히 많은 뜻이 담겨있겠지만,

용서라는 단어에는

반드시 사랑이 들어 있다.

끝

끝났습니다.

이젠 뭘 어떻게 해야 되죠?

산책

사람이 너무 아파서

자연밖에 기댈 곳이 없어요.

새

너는 알고 있을까.

이 멋진 하늘을 날고 있다는 것을.

너는 알고 있을까.

배경이 어디든 너라는 것을.

너는 알고 있을까.

이 멋진 곳에서 네가 주인공이라는 것을.

　　　　　　　　　　　　　　　　　　　　　　　　무심히 떠오르던 단어들

불

불을 지피는 것도

불을 끄는 것도

어느 하나 쉬운 것 없이 어려울 것이다.

한 번 지펴져 타오르기 시작한 불은

말리기 어려울 것이다.

언젠가는 꺼질 불이요,

누군가는 끌 불이요.

하지만 결국 그 불은 시간이 말렸을 것이다.

이별을 통보하는 것도

이별을 받아들이는 것도

어느 하나 쉬운 것 없이 어려울 것이다.

한 번 돌아선 마음은 말리기 어려울 것이다.

언젠가는 무뎌질 아픔이요.

누군가는 나타나 덮어줄 시련이라 하더라.

하지만 어딘지 모르는 상처받은 마음과

어딘가에 남겨져 떠도는 생각은

찾기 힘든 어딘가 말라비틀어져 있을 뿐이겠다.

이슬

서로 아무 말 없었다.

우리 사이 가로등 불 하나로

보석처럼 빛나는 이슬.

그 이슬을 품은 잔디.

그 이슬이 앉은 놀이터.

잠시 앉을 공간 하나 없고

이젠 무슨 말이라도 건네야 하는데

한 줄기, 한 줄기 뭉쳐 내리는 이슬 줄기 위

텅 빈 미끄럼틀에 떨어진 머리끈처럼

금석은 뒤로 묶인 너의 머리끈이라도 붙잡고 싶더라.

잠시 앉을 공간도 없이

시간 끌어볼 핑계도 없이

너를 보내야만 하나.

무심히 떠오르던 단어들

블랙아웃

하얀 눈으로 내려와

까만 물이 된 것처럼

하얀 종이에 빼곡히 써 내려간 글 위로

까만 먹물을 쏟은 것처럼

하얀 흰자 위 달걀노른자처럼 올라선

까만 눈동자가 빛을 잃은 것처럼

어떤 눈이 내렸던 건지

무슨 글을 쓰려 한 건지

무엇을 보려 했던 건지

이젠 기억조차 나질 않는다.

무심히 떠오르던 단어들

후회

조금 더 이해하려 노력할 게 아니라

얼마나 아꼈었는지 떠올렸더라면.

엄지손가락

옛날엔 검지가 책 넘기느라 바빴는데

요즘엔 엄지가 창 넘기느라 바쁘다네.

다음엔 어디가 뭘 넘기느라 바빠질까.

비

눈을 감고

빗소리를 귀 기울여 들어보고

노래를 들으며

창밖으로 내리는 비를 바라보기도 하고

잠시 고개를 들어

비를 맞으며 하늘에서 떨어지는

무수한 빗방울을 바라보고

눈물을 감추려 고개를 숙이다

고인 빗물에 비친 내 모습을 보았다.

비는 깨끗하게 씻겨 내려주기도 하고

얼룩을 남기기도 했다.

!!

비는 공기를 바꿔준다.

마른 땅의 단비가 되기도 한다.

가끔은

우산이라는 세상에서 가장 작은 둘만의 공간을

마련해 주었다.

지나가는 구름이 품은 소나기는

비 온 뒤 맑음이라는 위로의 선물도

같이 내려주나 보다.

New

반복되는 당연함 속에 맞이한 새로운 것은 의아함.

새로운 것의 기대감 속에 찾아온 잦은 반복은 실망감.

잡생각(뜬구름)

저 태양이 내 마음이라면

그 외의 모든 건 생각이려나.

무심히 떠오르던 단어들

if

다시 돌이킬 수 있다면

모든 것을.

모든 것을

다시 돌이킬 수만 있었으면.

"menu"

여러분, 저와 함께 이 글을 읽으면서 음식점에 왔다고 생각하고 식사를 시작해볼까요? 우리는 흔히 밥 먹을 때, 커피 마실 때, 심지어 술을 주문할 때조차 menu를 확인합니다. 자, 여기 menu가 있습니다. 보통 음식점에 갔을 때 menu를 보고 어떤 음식을 먹을지 주문하는 것처럼 한번 골라봅시다. 혹 menu를 고르기 어려우시다면 직원에게 추천받는 것도 좋습니다. 어쨌든 이렇게 직원과 소통하는 데에는 menu가 꼭 필요합니다.

자, 이제 menu를 정했다면 주문을 할 건데요. 이것만은 반드시 알아야 합니다. 주문했다고 바로 요리가 나오지 않는다는 것! 그렇죠. 음식점에서는 요리사를 빼놓아선

안 됩니다. 우리가 한참을 들여다본 그 menu는 말이죠, 요리사가 만들었습니다. menu판에 어떤 음식을 적어 내려갈지 요리사가 직접 정했을 겁니다. 즉, 직원과 요리사는 손님에게 menu를 통해 대접하는 거죠. 우린 그 menu를 보고 고른 음식을 맛있게 먹으면 되는 거고요. 아이참, 서론이 길었네요.

음, 저는 오늘 제가 가장 좋아하는 우렁된장찌개를 시킬 게요. 여기요! 우렁된장찌개 하나 주세요. 아이고… 이런! 저 혼자만 주문하면 안 되겠죠? 같이 먹으러 온 여러분이 있으니 함께 주문해야겠네요. 어서 menu를 보고 각자 원하는 것을 골라보세요. 어떤 음식을 먹든 똑같습니다. 양식, 한식, 중식, 일식, 기타 등등. 결국 우린 같은 menu를 통해 직원, 요리사와 소통하니까요. 자, 그럼 주문은 했으니 음식을 기다려봅시다.

와, 눈앞에 우렁된장찌개와 코다리찜이 한 상 차려졌네요. 그럼 함께 맛있는 식사를 시작해볼까요?

어때요? 맛있게 드셨나요?

음식도 먹었으니 음료수도 한잔 시킬까요? 여기 menu를 보시죠. 음료수도 있고 이쪽 보시면 맥주도 있네요. 오늘 기분도 좀 별론데 맥주 한잔할까요? 좋아할 줄 알았습니다. 여기요! 맥주 두 잔 주세요! 오, 여기 직원이 맥주 거품을 기가 막히게 잘 살려줬네요. 짠-하시죠!

어떠셨어요? 오늘 참 즐거운 식사였죠? 여기 이 menu 덕분에 음식도 수월하게 고르고 든든히 배도 채울 수 있었네요. 기분 꿀꿀한 하루였는데 딱 menu 속 맥주가 보여서 기분 좋게 털어냈네요. 자, 그럼 끝으로 제가 오늘 여러분과 식사하면서 기분이 너무 좋아 새로운 것을 알려드리려고 합니다.

우리가 계속 한 장소에서 함께 할 수 있었던 이유가 무엇 때문인 줄 아세요? 잘 모르시겠다면 다시 위로 올라가 이 글의 제목을 읽고 와보시겠어요?

제목 어떻게 읽으셨어요?

'메뉴'라고 읽으셨겠죠? 맞아요. menu입니다.

그런데 가만 보니,

이 menu가 저는 다르게 보이더라고요.

바로 'me' 'n' 'u'로 보이기 시작했죠.

그 후론 밖에서 음식을 먹는 태도가 바뀌었고요.

함께 menu를 보고 음식을 고르고 있는 당신.

함께 menu를 보며 소통하는 직원.

함께 고른 menu를 만들어 주는 요리사.

이 menu 안에서 우린 함께 연결되어있더라고요.

나, 그리고 너로요.

자, 이제 다음 식사 때부턴

여러분도 menu를 me n you로 읽어보세요.

음식이 한층 더 맛있어질 겁니다.

menu 안에서 우린 함께 연결되어있더라고요.

me n you 나, 그리고 너로요.

시

고등학교 국어 과목 시험을 볼 때였다.

국어시험에는 유독 시를 해석하고

숨겨진 의미를 유추해 맞혀야 하는 문제들이 참 많았다.

하지만 내가 느끼고 해석하여 고른 답은

늘 정답이 아니었다.

답으로 정해진 해석은 나와 전혀 다른 해석이었다.

심지어 나는 내가 틀린 것을 인정하지 못했고

선생님께, 부모님께 내가 해석한 시의 문장 하나하나를

설명하며 따졌던 기억이 있다.

그러나 나는 항상 답을 틀린 학생이었다.

정답은 이미 정해져 있었기에 내가 느끼고 생각한 것들
은 여전히 오답일 뿐이었다.

시는 읽는 이로 하여금 숨겨져 있던 추억과 감정,

생각 등을 꺼내 보게 하는 매력적인 글이 아니던가.

시인이 써 내려간 시에 의해 나의 추억이 꺼내졌다면

감상이 떠올랐다면

또 하나의 해석으로 만들어진 나만의 시가 된다고

생각했다.

그래서

나는 아직도 누군가의 시를 내 마음대로 느끼고

추억하며 읽고 있다.

나는 아직도 고등학교 때 틀린 국어시험의 문제를

인정하지 못하고 있다.

(내가 얼마나 학생 때 고집불통이었을지 보인다, 보여.)

선택

내 고집은 아버지를 닮아서일까.

그럼 아버지의 고집은 아버지의 아버지에게서 받은 걸까.

고집이라는 건 어떻게 닮아가는 걸까.

어렸을 때부터 아버지의 고집을 봐와서?

피는 못 속인다고 해서?

아버지의 고집이 너무 싫었다.

고집부리는 아버지를 보고 있으면

저 고집만은 닮고 싶지 않다고 생각했다.

내 고집은 괜찮다고 생각했다.

다 서로를 위한 것이라 생각했기 때문에

아버지의 고집과는 다르다고 생각했다.

고집.

왜 사람들은 그것을 고집해야만 했을까.

고집.

왜 고집이라는 단어가 생겼을까.

그건 고집이기 전에

선택이었을 거라고 생각한다.

나에겐 확실한 그 선택이

누군가에겐 마음이 들지 않아 부정하고 싶은 마음에서
고집이 된 거라고.

무심히 떠오르던 단어들

어처구니

"무슨 일 있어? 안 웃으니까 화나 보인다. 웃고 다녀."

"네? 네. 뭐 별일 없는데…… 알겠어요."

잠시만,

왜지?

지금 무슨 일 없긴 한데 화날 때도 있는 거고,

무슨 일이 있을 수도 있는데

왜 항상 웃고 다녀야 하는 거지?

그땐 차마 이렇게 이야기는 못 했지만

바로 이야기 못 할 만큼 어처구니없는 상황이었다.

기로

하고 싶었던 것을 해보지 못한 그때의 아쉬움은

이제는 안도와 함께 다행스러움이 되었지만

그 다행스러움에 미처 거름 당하지 못하고

남아 있는 아쉬움이

이제는 내 옷자락을 잡아 끌어앉힌다.

평생 알 수 없는

해보지 못한 일로 남는 것인지.

평생 알지 않아도

해보지 않아도 되는 일로 남는 것인지.

이게 다행인 건지

아쉬운 건지 모르겠다.

햄버거

한국어를 한창 배우고 있던 외국인 친구와 함께 햄버거
를 먹으러 갔다. 부족한 영어 실력 때문에 내가 햄버거
발음을 굴려 주문하는 것을 듣던 친구는 발음 교정을 해
주었다. 친구는 한글 중에 햄버거와 발음이 비슷한 것이
있다고 이야기했는데, 전혀 무엇인지 떠오르지 않았다.
그때 친구가 설명했다.

"맛있는 거 먹고, 날씨 좋고, 재있게 놀고 있는 지금 우리
처럼 happy한 거!"

"뭐지? 뭘 말하는 거지…? 행복하다, 행복을 말하는 거야?"

"어! 그거!! 행복! 행복에 er 붙이면 행보거! hamburg-
er!"나는 이제 햄버거를 먹을 때면 행복한 기분이 들어
서 웃음이 난다.

"Yes, I'm a hamburger!"

무심히 피오르던 단어들

패러글라이딩

하늘을 날았어.

그대로 부산까지도 날아갈 수 있을 것 같았어.

새가 된 듯 하늘을 날았어.

새들은 이렇게 높이 날아다니며 무슨 생각을 할까…

하루하루 빠르게 변하는 세상을 보며 무슨 생각을 할까.

가만히 떠 하늘을 날았어.

떠나는 길인지 돌아가는 길인지…

어디론가 움직이는 자동차를 내려다보고,

저 집은 실내가 어떤 분위기일지

어떤 사람이 살고 있을지 내려다보며,

길이 없는 하늘에서 어디로 가야 너의 집일지 생각했어.

내 몸을 맡겨 하늘을 날았어.

아니, 하늘에 앉아 있었어.

나는 날갯짓 한 번 없었으니…

어느 정도인지 가늠할 수 없이 높게 있었어.

하늘을 날았는데 내가 날고 있는 곳이

하늘인가 싶은 생각이 들었어.

높이 날고 있는데도 땅 위에서 보는 하늘과

차이가 없더라고.

그렇게 높은 곳에서 다시 위를 올려 봤는데도

역시 위에는 하늘이 있었어.

어딘가 높은 곳을 떠다녔어.

모든 것이 장난감 같았고, 마음은 나의 시야만큼

넓어지는 듯했어.

하늘을 날았을 때처럼

그 밑이 역시 땅이더라도

내려다본 그 시야만큼 마음을 넓혔으면 좋겠어.

하늘을 날았을 때처럼

그 위가 역시 하늘이더라도

날아올랐던 그 높이만큼

마음을 내려놓기도 했으면 좋겠어.

그 밑이 역시 땅이었더라도.

그 위가 역시 하늘이더라도.

당연하게 여기던 문장들

기다리다

'기다릴게'라는 말을 쓰지 않으려고.
'기다려줘'라는 말이 무서워서.

'기다리다'라는 말이 싫어졌어.
기다리는 나는 괜찮은데
기다리게 해서 미안한 마음과
기다리게 한 건가와 같은 죄책감처럼
그 기다림에 찾아오는 너의 마음을
생각하지 못했거든.

난 이제 기다리지 않으려고.
난 그냥 거기에 있으려고.

얼마나 기다렸을지

기다리고 있을지

그런 생각 들지 않게.

기다리는 거 아니야.

난 그냥 이렇게 있는 거야.

기다리는 게 아니야.

난 그저 이곳에 있을 뿐이야.

'기다릴게'라는 말을 안 했지.

'기다려줘'라는 말도 못 들었지.

'기다리다'란 말조차 모르게 되어버렸지.

기다리게 하는 너와, 기다리고 있는 나.

분명 기다림에는 이유가 있을 텐데

그 둘 사이에는 애틋하고 애절한 뭔가가 있을 텐데.

우리 사이에는 뭐가 남았을까.

난 기다리지 않아.

난 그냥 여기에 있어.

얼마나 기다렸는지

얼마나 더 기다릴 건지

그런 생각도 하지 않아.

기다리는 거 아니야.

그냥 있는 거야.

기다리는 거 아니야.

난 그저 이곳에 그대로 있을 수밖에 없는 상태이니까.

당연하게 여기던 문장들

맞이하다

내일이면 맑아질

하늘이겠지.

비가 내릴 때면

포근함이 있는 계절이 오겠지.

그렇게 생각하고

몇 번째 맞이할 겨울일까.

어디론가 날아간다

이제 공기는 겨울 공기로 바뀌었고

여름의 따스한 햇살만 남은 듯하다.

이걸 가을이라 하나 보다.

따스한 햇살과 차가운 공기로

푸른 잎을 익혀내고 물들이면

이걸 단풍이라 하나 보다.

푸르르다 곧 떨어질 텐데

잠깐이라도 다른 모습을 보여주려 하는 모습

기특하기도 하지.

기특한 가을의 시간이 사라져간다.

따스한 여름 햇살과 차가운 겨울 공기 사이,

그 짧은 시간.

너는 나의 마음에 따스한 햇살이라

내가 너의 마음에 단풍처럼 물들면 좋으련만

어디서 부는 바람인지

차가운 바람만 불어 물들기도 전에 다 떨어질 것 같다.

너는 나의 마음에 따스한 햇살이라

내가 너의 마음에 단풍처럼 물들면 좋으련만

어디서 부는 바람인지

차가운 바람은 점점 뼛속 깊이 파고들고 있는 것 같다.

가을이 사라지기 전에

계절이 사라지기 전에

그러면 좋으련만.

물들어가던 내 단풍을 바람이 싣고 어디론가 날아간다.

내가 너의 마음에
단풍처럼 물들면 좋으련만.

아무 일도 없다

아무 일도 없다.

누구의 잘못도 없으며

누군가를 탓해 본 적도 없고

태생을 후회한 적도 없다.

나는 그런 그대로 있을 거다.

가면을 벗어주세요

"전화할 때 목소리가 정말 좋다!"

내가 통화할 때 옆에 있던 사람들이 내게 가끔 해주는 칭
찬이다. 왜 이런 칭찬을 했을까. 단순히 목소리가 좋아
서? 그 칭찬을 반대로 뒤집어 생각해 보니 결국 '평소 대
면할 때의 목소리는 그것만 못하다는 뜻이 아닐까' 하는
의구심이 들었다.

가만히 살펴보니 나의 목소리는 상황과 대상에 따라 변
하고 있었다. 처음 보는 사람과 깍듯하게 대화할 때, 어
느 정도의 사회생활이 필요한 사람을 만날 때, 친구들과
가볍게 이야기할 때, 그리고 가족과 나눌 때만 나오는 무
방비한 목소리까지.

'통화할 때 좋은 소리'를 평소에도 내보려 했지만, 그 노력은 번번이 실패로 돌아갔다. 왜 상황에 따라 다른 목소리가 나오는 걸까. 유독 수화기 너머의 목소리가 좋게 들리는 이유. 그 답은 의외의 곳에서 찾을 수 있었다. 가족과 대화할 때의 편안한 소리와 닮아있다는 것. 이 둘의 공통점은 명확했다. 바로 '표정을 보여줄 필요가 없다'는 것, 혹은 '표정을 관리할 필요가 극히 적다'는 것이다.

우리는 누군가와 마주 앉아 대화할 때 표정, 제스처 등 시각적인 정보 전달에도 생각보다 많은 에너지를 쓴다. 특히 누군가에게 잘 보여야 하는 상황에서는 얼굴 근육을 더욱 긴장시키는데, 그 긴장은 고스란히 목소리 통로를 좁게 만든다. 하지만 전화는 다르다. 상대에게 내 얼굴이 보이지 않기에 억지웃음을 짓지 않아도 되고 눈치 보느라 에너지 소비도 덜 하게 된다. 가족 앞에서도 마찬가지다. 잘 보일 필요도, 감정을 거를 필요도 없는 가장 안전한 곳에서 나는 비로소 '무의식의 소리'를 내뱉는다. 이 '무의식의 소리'는 누군가와 거리낌 없이 통화할 때 나오는 자연스러운 목소리와 닮아있다.

문제는 사회생활이라는 이름 아래, 누군가에게 잘 보이려 노력할수록 내 본연의 목소리를 잃어간다는 것이다. 그러다 보니 어느덧 어떤 목소리가 진짜 내 목소리인지 알 수 없어 혼란스러워지는 것이다.

왜 나는 사회라는 무대 위에만 서면 나의 목소리를 잃어버렸을까.

결국 타인에게 잘 보이기 위해 쓴 가면을 벗어던졌을 때 비로소 터져 나오는 편안한 주파수. 그 주파수야말로 진짜 내 모습, 내 본연의 목소리이지 않을까. 어쩌면 그동안 나는 나를 잘 포장하면서 사회에 잘 적응 중이라고 착각하며 지냈는지도 모르겠다.

어떠한 상황에서도 내 본연의 목소리를 지켜낼 수 있는 용기를 갖는 일.
그것이야말로 사회생활이라는 긴 여정을 건강하게 지속

하도록 돕는 힘이라고 생각한다.

다 그런 건 아니야

다 그런 건 아니야.

너만 그런 것도, 나만 그런 것도

모두가 그런 건 아니야.

생각할 필요 없어.

이해할 필요 없어.

다 그런 건 아니니까.

누가 내게 어떻게 이야기해도 내 걱정은 안 해도 돼.

그게 다 그런 건 아닐 테니까.

누군가의 말에 순응하지 않는다고

고집 세다고 이야기해도 어쩔 수가 없어.

다 그런 건 아니니까.

이 글을 읽을 때도 그냥 자유롭게 읽어줬으면 해.

내 생각과 마음을 담은 이 글도

너에겐 공감이 안 될 수 있어.

괜찮아, 다 그런 건 아니니까.

누군가가 지금, 너를 힘들게 하는 말을 했다면

이 말이 너를 가장 편하게 할 것 같아 전해주고 싶었어.

다 그런 건 아니야.

그런 거 있어요?

무언가 나를 지치게 해 어깨가 축 늘어질 때가 있어요.

누군가가 옆에서 괜찮다며 등을 토닥여줘도

술 한잔하며 시원하게 욕을 해봐도 답답할 때,

나를 미소 짓게 만든 건

이거 하나밖에 없었어요.

손을 잡아주는 거요.

언젠가 누군가 그리울 때가 있었어요.

그냥 당장 만나고 싶고

옆에 있었으면 좋겠을 때.

어떠한 말도 이 말만큼

내 마음을 전부 표현한 적 없었어요.

보고 싶다.

언젠가 누군가를

주체할 수 없을 만큼 사랑했을 때가 있었어요.

어떤 말로도 이 마음을 다 표현할 수 없을 때

'사랑해요'라는 말조차 턱없이 부족할 때

이것만큼 나를 달랠 수 있었던 건 없었어요.

꼭 끌어안는 거요.

나한테는 그래요.

그게 나한테는 그런 거더라고요.

사랑에, 그리움에 겨워서, 취해서

보고 싶어요, 사랑해요

그 어떤 말로도 모자랄 때 나를 달래는 것

나를 채우는 것

그건 당신을 가만히 끌어안는 거예요.

나한테는 그래요.

그게 나한테는 그런 거더라고요.

혹시 당신도 그런 거 있어요?

품다

새벽녘 당신의 자리에는

완연한 당신의 품이 녹아져 있더라.

이제 그곳 한편에 온전한 나의 품을 녹여보련다.

이제 서로가 한곳에 녹아 새로이 품어보련다.

점점 가까이 피어와

활짝 폈나 뒤돌아보니

너무 크게 세상에 소리쳤나, 쑥스러워 숨었나.

다시 뒤돌아 활짝 폈을 너를 상상하며 작게 외쳐보네.

무궁화 꽃이 피었습니다.

왜 그런 걸까?

왜,

가끔이라는 말엔

항상이 아니어서 아쉬워하고

항상이라는 말엔

가끔이라는 말만큼의

진심을 느끼지 못할까.

거짓말쟁이가 많아서 그런 걸까,

진심을 담지 못해서 그런 걸까.

일부가 된다

어디에나 그 공간만의 냄새가 있다.

내 차 안에 아무리 새로운 방향제를 꽂아도
내가 떠올리는 차 냄새는
아버지 차를 탔을 때 맡았던 쏠은 듯
진하게 배인 방향제 냄새이다.

깨끗이 관리되는 영화관이어도
내가 떠올리는 영화관 냄새는
공기를 가득 메운 고소한 냄새와 사랑하는 이의
달달한 샴푸 향기가 섞인 냄새이다.

새로 나온 향기로운 섬유유연제를 넣고

빨래한 이불이 놓여 있어도

내가 떠올리는 침실의 냄새는 섬유유연제도,

함께 자는 고양이의 냄새도 아닌,

어머니가 정리해주시던

언제나 포근한 침실의 냄새이다.

내가 기억하는 그 공간만의 냄새.

그것이 내 추억 중 일부가 된다.

내가 기억하는 그 공간만의 냄새는

이제 추억에서 내 삶의 일부가 된다.

당연하게 여기던 문장들

잘못이 없다

눈은 내릴 때만 이쁘다고들 하지만

눈은 잘못이 없다.

내려앉은 곳이 더러워 골칫덩어리가 될 뿐.

그저 하얗게 내리는 눈은 잘못이 없다.

세상을 하얗게 만들어 줄 수 있는 건 눈 하나밖에 없다.

사랑은 할 때만 아름답다고 하지만

사랑은 잘못이 없다.

상대를 잘못 골랐을 뿐.

그저 마음을 새하얗게 만드는 사랑은 잘못이 없다.

세상을 뽀얗게 만들어 줄 수 있는 건

사랑 하나밖에 없다.

괜찮아 너야

괜찮아?

너는 잘못하고 나에게 괜찮냐고 안부를 묻는다.

괜찮아.

나는 괜찮다고 이야기했다.

너의 잘못이 아니라고 생각했으니까.

괜찮아?

넌 왜 계속 내게 괜찮냐고 물었을까.

괜찮아.

난 정말 괜찮아서 계속 괜찮다고만 했을까.

괜찮아, 너야.

네가 잘못해도 난 이렇게 괜찮다고 말할 거야.

괜찮아, 나야.

네가 괜찮아지면 나는 괜찮아질 거야.

나는 괜찮은데, 너는

괜찮아?

이상하다

이상하다.

내가 너한테 잘못한 건 그렇게 많았던 것 같은데

네가 나한테 잘못한 건 한 개도 없었던 것 같다.

이상하다.

내가 너를 더 많이 생각한 것 같은데

내가 너한테 잘못한 건 왜 그렇게 많았던 거지?

내가 생각한 것보다 네가 나를 더 많이 생각했던 건가.

이상하다.

이렇게 나는 끝까지 너한테 잘못한 게 많은 사람이다.

분명 좋은 사람이 되고 싶었는데

잘못을 이렇게 많이 했다니.

정말 이상하다.

너는 나한테 왜,

잘못한 게 하나도 없지?

궁금해

꿈에 나온 너의 모습은 진짜였어.

꿈일 거라고 생각도 못 했지.

완전한 그대로의 너였어.

그렇게 잠깐 내 꿈에 나와

입맞춤을 나누고 눈을 떴을 때

꿈이었단 걸 알게 됐지.

너의 꿈을 자주 꿔.

널 만난 것보다 꿈에서 더 많이 본 듯해.

궁금해.

너의 꿈에도 가끔은 내가 나올 때가 있는지.

유리 벽에 비친 내 모습을 보았다

눈을 보며 이야기하는 게 좋다.

눈이 열려 있을 땐 상상 초월의 몰입,

마음속 진심이 들려온다.

수줍은 고백, 절절한 사과, 애끓는 구애, 싸늘한 원망,

그 모든 진실이 마음을 연 눈 속에 담겨 있다.

그런데

벽이 보이는 어떤 눈이 있었다.

아무런 이야기를 하지 않는 눈.

단지 흔들리는 동공만 보일 뿐이었다.

그의 소리가 귀로만 들려온다.

귀와 머리만의 대화.

네 흰 눈동자가 검은 눈동자를

죽일 듯 조이는 모습이 보인다.

아니, 언제부터인가 눈은 죽어 있었다.

제발 눈을 열고 마지막 이야기를 해보자.

사랑했다고, 미안하다고, 아프지 말라고,

이게 진심이라고.

난 두 개의 무심한 유리 벽에 비친

혼자서만 간절한 내 모습을 보았다.

사랑했다고, 미안하다고, 아프지 말라고,
이게 진심이라고.

당연하게 여기던 문장들

다시 숨이 막혔다

계절과 계절 사이

공기가 바뀌고 있고

그늘은 길어지고

바람은 차가운데,

그대가 내 품으로 들어온 순간

내 마음엔 눈부신 봄볕이 들었다.

당신과 나 사이

온도가 바뀌고

얼마나 좋아하는지

가늠이 되지 않아

벅찬 가슴은 호흡마저 힘든데,

가장 깊은숨으로 공기를 집어삼켜 보아도

그대를 보면 다시 숨이 막혔다.

점점 심해지는 숨 막힘에 대한 나의 진단은

'오늘은 당신을 보낼 수가 없습니다.'

좋겠다

한가득 꽃과 함께 곧 피어날 설렘을 머금은 꽃망울과

움츠렸던 수많은 꽃잎을 만개해내어

오랫동안 피워낼 듯 내게 활짝 웃어주는 저 꽃처럼

너와 나의 마음이 이 같았으면 좋겠다.

무겁게 느꼈으면 좋겠다

사진을 무겁게 느꼈으면 좋겠다.

건장한 청년이 들기에는

아니, 연륜이 쌓인 나이 많은 어른에게도

아주 벅찬 무게였으면 한다.

셔터를 누른 순간, 필름에 담긴 순간, 인화되는 순간,

휴대전화에 저장되는 순간, SNS에 올려지는 순간까지도

사진이 아무렇지 않은 가벼운 종이 한 장,

화면 한 컷이 되어버렸다.

우리 몸에서 사진처럼

찰나의 순간을 담을 수 있는 유일한 게 마음이더라.

그래서 사진을 찍어놓으면

그때의 내 마음을 다시 꺼내 보는 느낌이더라.

사진.

그 안에는 우리가 알지 못하는 그 이상이 담겨

무거울 것인데,

조금은 사진을 무겁게 느꼈으면 좋겠다.

아무거나 함부로 남기지 못하게

욱하는 마음에 함부로 지우지 못하게

아무나 소유할 수 없이 누군가를 위해

소중히 간직될 수 있게.

그 무게를 견딜 수 있는 사람만

사진을 남기고, 지우고 간직할 수 있게.

사진을 가볍게 생각하지 않았으면 좋겠다.

그래야 당신과 내가 찍은 사진의 추억이

더 깊고 아름답게 남을 수 있으니까.

누가 그려놓았을까?

누가 별을 이렇게 그려놓았을까.

두 발이 될 수도, 한 발이 될 수도 있는

어느 방향으로 돌려도 별인

다섯 개의 꼭짓점을 가진 이 별을

누가 그려놓았을까.

누가 하트를 이렇게 그려놓았을까.

한발로만 위태롭게 서 있고

위로 두툼하게 동그래지는,

엉덩이 모양 쪽으로 세우면 하트가 아닌 것 같은,

이상하게 마음을 설레게 하는 이 하트는

누가 그려놓았을까.

저 달은 보이는 대로 그려놓았는데

별과 마음은 실제와 같지도, 보이지도 않는데

누가 이렇게 그려놓았을까.

이건 무슨 장난일까

이런 이야기가 있어.

서로 배려하며 화기애애하게 지냈던,

오랫동안 함께하자 약속했던 사람들이 있었어.

함께하자는 믿음으로 그중 한 사람은

수십 년이 지나도 변하지 않았대.

그런데 안타깝게도

함께할 거라 생각했던 이들이

세월 앞에서 변하고 말았지.

이들은 서로 누구 할 것 없이 변했다며

결국 이렇게 돼버린 모습에 한탄하며

서로를 원망했어.

변하지 않았던 그 한 사람은 생각했어.

결국 모두가 변하는구나,

내 마음은 변하지 않았는데

이건 애꿎게 아픈 사랑 장난보다

꼬마 아이들 장난보다

더한 장난이구나, 라고.

그리고 일기장에 이렇게 적었대.

"나만 변하지 않는다고

이들에겐 내가 안 변한 것도 아니고

나는 변하지 않았으니

이들에게 안 변했다고 말할 수도 없다."

라고….

이게 무슨 말장난일까. 이건 무슨 장난일까.

극단적으로 얘기해볼게.

사과는 그대로 주근깨 있는

꼬마아이의 수줍은 볼 같은데

시간이 흘러 사과가 더 이상 우리 몸에 맞지 않는

독 사과가 된다면,

이건 사과가 변한 것이라고 해야 할까.

변하지 않은 것이라고 해야 할까.

시간은 모든 걸 바꿔버렸는데

그 사과 하나가 바뀌지 않았다면 말이야.

나는 마주할 수 있던 반대를 사랑해야 했네

그저 마주할 수 있음에 좋았는데

너와 내가 반대에 있다는 걸 알아버렸네.

돌아가 옆으로 가보았더니

반대와 마주 잡은 손이 있었네.

마주한 반대도 함께였다는 것을

지금 알았네.

나는 마주할 수 있던 반대를 사랑해야 했네.

(번외)

반대에 있어도 마주할 수 있어서

그게 행복한 거라 돌아가기 싫더라.

여기가 앞면이고, 여기가 뒷면이다!

세월이 흐를수록 가끔은 답이 딱 정해져 있던 그 시절의 시험지가 그리워지곤 한다. 오지선다형 문제들, 다섯 가지 중 무조건 하나는 답이 있다는 사실. 설령 내가 오답을 선택하더라도 "정답은 이것이야."라고 명확히 알려주는 기준이 존재한다는 게 이제 와 생각하니 얼마나 감사한 일이었는지 모른다.

어른이 된다는 건 선택지가 무한해지는 과정인 줄 알았는데 사실은 아는 게 많아질수록 잔머리만 늘어가는 과정인지도 모르겠다. 수많은 예상치 못한 일들과 믿기 힘든 결말들을 마주하다 보니 이제는 다시 시험지를 봐도 예전처럼 정답 하나만 보이지 않는다. 1번을 넣어도 말이 되고, 2번을 넣어도 나름의 타당한 이유가 보인다. 모든 번호에 그럴듯한 명분과 이유가 충분해 보이는 것이다. 어쩌면 내가 학창 시절 성적이 좋지 않았던 건 공부를 안 해서가 아니라, 답이 아닌 것들 속에서조차 '답이 될 수 있는 이유'를 너무 많이 발견해버리는 사람이었기 때문 아닐까.

과연 모든 선택의 순간마다 정답이 정해져 있다면 정말 편하기만 할까? 물론 나 역시 어느 정도의 답은 정해져 있는 게 맞다고 생각하지만, 그와 동시에 '오답 또한 없다'고 생각한다. 어릴 적 시험은 점수를 매길 수 있었지만 지금 내 삶의 선택에 그 누가 점수를 매길 수 있을까.

내가 내린 선택이 완벽한 정답이 아닐지라도 세상 그 누구도 내 인생을 쉽게 점수 매길 수 없다.

이건 마치 동전 던지기 같다. 동전에는 엄연히 앞면과 뒷면이라는 답이 정해져 있긴 하지만, 사실 그게 무슨 상관인가. 동전을 던지는 찰나에 "여기가 앞면!"이라고 외치는 순간, 그 순간의 나에게는 내가 말한 면이 앞면이 될수 있다. 결국 동전의 어느 면이 나오느냐보다 중요한 건어느 면이 나오든 그것을 정답으로 받아들이는 마음가짐 아닐까. 인생이라는 동전은 지금도 공중에서 돌고 있고 그것이 바닥에 떨어졌을 때 어떤 면을 위로 둘지는 오직 던진 사람만이 정할 수 있는 특권이다. 그러니 나의

오답조차 누군가에겐 정답처럼 보일 수 있음을, 그리고
내 삶의 채점자는 오직 나뿐임을 잊지 않았으면 좋겠다.

하고 있는 중이에요

그녀는 한 번도 사랑한다고 말해주지 않았어요.

나는 그런 그녀에게 몇 번이나 묻기도 하고

기다리기도 했지만,

그녀는 단 한 번도 사랑한다고 말해주지 않았어요.

말하지 않아도 안다고 하던데 나는 모르겠더라고요.

혹시 그녀도 말하지 않으면 모를까 봐,

매일 한 번씩 얘기해줬어요. 내가 그녀에게.

사랑한다고.

그녀는 헤어지자는 말 한마디 없이 떠났어요.

한 번도 말해준 적이 없어서

나는 아직까지 못 떠나고 있어요.

미안해요. 말하지 않으면 몰라서.

내 마음도 말하지 않으면 모를까 봐,

매일 한 번씩 얘기해줬어요. 내가 내 마음에게.

헤어졌다고.

그래도 잘 안 돼요.

나 혼자 사랑한다고 말해도 전해진 건지

나 혼자 헤어졌다고 말해도 헤어진 건지.

모르겠어요.

잘 모르겠어요.

나 혼자 사랑한다고 고백한 것도 사랑이었는지

나 혼자 헤어졌다고 외우는 것도 이별인 건지.

잘 안 돼요.

나 혼자 사랑했으니 됐다고 나를 달래는 것도

나 혼자 헤어졌으니 잊으라고 나를 떠미는 것도.

그냥 그녀가 무엇이든 말해줬으면 좋겠어요.

그러지 않아서 나는 여전히

사랑한다는 말도, 헤어지자는 말도

들어 본 적 없는 무엇인가를

하고 있는 중이에요.

나는 여전히 사랑한다는 말도, 헤어지자는 말도
들어 본 적 없는 무엇인가를 하고 있는 중이에요.

좋아요, 지금처럼이요!

좋아요, 지금처럼이요!

이 말은 촬영하면서 많이 듣던 말 중 하나였어요.

그런데요,

사실 제게 가장 힘든 말이 바로

지금처럼이란 말이었어요.

세상도, 시간도 모두 흘러가고 있고

감정도 그때그때 다 다른데

걸음걸이도 다르고

내가 호흡하는 들숨 날숨의 양도 다 다른데

그래도 우린

그 좋았던 '지금처럼'을 연호하고 바라니까요.

그 '지금'의 감정 연기가 좋았기 때문이었을까요.

그 순간을 담아두고 싶고, 보고 싶고

간직하고 싶어서였을까요.

그렇게 저는 '지금처럼'

또다시 '지금처럼'

카메라 앞에 서서 그 좋았던 '지금처럼'을

흉내 내고 표현합니다.

그 순간을 전달하고 싶어서,

함께 느꼈으면 해서 말이죠.

그래서 지금도 보여드리려 노력합니다.

다녀올게요.

고마워요. 지금처럼 해주신다면 좋을 것 같아요.

내려앉다

비가 내린다.

비가 내리고

공기가 바뀐다.

잔잔했던 파도는

비가 내리며 소란스레 요동친다.

잔잔했던 마음은

빗줄기에 흠뻑 두들겨 맞은 뒤

어느새 감각이 무뎌진다.

·

·

비가 그쳤다

비가 그치고

공기는 바뀐다.

요동치던 파도는

비가 그치고 언제 그랬냐는 듯 잔잔해진다.

무뎌져 버린 마음은

파도에 쓸려간 듯 차분히 떠나갔다.

처음이 되고 싶었다

처음이 되고 싶었다.

처음이라는 단어는

왠지 더 많은 설렘을 갖고 있을 것 같고

왠지 더 많은 기대를 하게 하니까.

처음이기 때문에 더 열광했고

처음이기 때문에 더 감동했던 것 같다.

이 단어를 처음 알았을 때의

느낌 그대로를 간직하고 싶어

나는 처음이 되고 싶었다.

태어나 처음 말한 단어는 엄마지만

태어나 발로 비행기를 태워 준 사람은 아빠다.

처음은 하나뿐이지만, 될 수 있는 처음은 많다.

나는 어떤 처음이 될 수 있을까.

마지막이 되고 싶어졌다.

마지막이라는 단어는

왠지 더 많은 아쉬움을 품고 있을 것 같고

왠지 더 슬픈 마음을 갖게 하니까.

마지막이기 때문에 더 좌절했고

마지막이기 때문에 더 공허했던 것 같다.

이 단어를 마지막으로 되새겼을 때의

느낌 그대로를 알고 있는데도

나는 마지막이 되고 싶어졌다.

마지막이 오지 않았다고 생각하지만

마지막이 온 지 모르고 지내는 것일 수도 있다.

마지막만큼은 내가 정하고 싶지만

내가 정할 수 있는 마지막은 많지 않다.

정할 수 없는 그 모든 마지막에

내가 처음이 되고 싶다.

당연하게 여기던 문장들

언제나 함께했던 이야기들

재밌는 거

"너 그거 재밌는 거 타봤어?"

"뭐?"

"외로움."

…

"한번 타 봐.

미친다."

주르륵

잔에 술 채우고

눈에 물 채우면

흐릿해지다 넘쳐흐르겠지.

달의 친구, 별의 친구

달의 친구는 별이고 별의 친구는 달일 줄 알았다.

그런데 달이 밝아질수록

달의 주변에선 별을 볼 수 없었고

별이 많아질수록 별의 주변에선 달을 볼 수 없었다.

달이 멀리 있을수록 더 많은 별이 반짝이고 있었고

별이 없을수록 달은 홀로 더 밝게 빛났다.

달과 별은 서로 친구일 줄 알았다.

그러나 둘은 함께 있을 때 빛나는 것이 아니라

따로 떨어져 있을 때 빛이 났다.

함께 있을 때 더 빛난다는 말은 다 그런 건 아닌가 보다.

어쩌면 나도 누군가에게 가려져 빛나지 못할 수도

어쩌면 누군가도 나에게 가려져 빛나지 못할 수도.

마음아

마음아, 배려한테 만큼은 절대 지면 안 된다.

결국 널 세상에 표현하지 않으면

지구상의 그 누구도 모른 채 사라질 거야.

마음아, 배려 따위한테 양보하지 말아라.

보여주고, 보여줘도

보여줄 게 남았다 외치는 게 마음이야.

보여주고, 보여줘도
보여줄 게 남았다 외치는 게 마음이야.

물들일 듯 들이지 못하는 너는

새벽녘 안개가 자욱해지는 공간은

무대 위 내리쬐는 스포트라이트 속에

단둘이 사랑을 외치는 뮤지컬의 마지막 한 장면 같았다.

안개가 바닥에 점점 더 내려앉을수록

둘만의 무대를 위해 온 세상에 필터를 씌운 듯했고

오직 서로의 모습만 도드라지게 해주었다.

안개가 데려다준, 벤치에 가득 앉은 이슬은

내가 그대를 끌어안는 장면을 본 유일한 관람객이었다.

나의 손끝과 당신의 피부

그 외 이젠 닿지 않은 모든 곳에 앉은 이슬.

서로의 오감을 물들일 듯 들이지 못하는 너는,

안개.

무심히 가장 크게 웃게 된 어느 날

이별을 직감했던 날도 아니고

작별 인사를 나눴던 순간도 아니었다.

부재를 용납하지 못한 시간도 아니었으며

실감하지 못한 오랜 시간 동안도 아니었다.

그 이후 무심히 가장 크게 웃게 된 어느 날,

나의 등이 혼자 흔들리고 있었다.

그렇게 내 웃음 위로 무언가 흘러내리고 있었다.

자는 동안 심장만 뛸 수 있게

어둠을 부르고 잠을 불러본다.

잠시만 아무도 모르게 저 위에 다녀올 수 있게.

구름을 부르고 잠을 불러 본다.

무언가 가득 떠다니는 까만 하늘 위를

잠시만 가릴 수 있게.

잎새를 부르고 잠이라도 바라본다.

붉게 익은 마지막 잎새 품에 안고 자는 동안

심장만 뛸 수 있게.

- 꿈나라를 가보려 해도 어느새 따라와 있고

잡념을 가려 보아도 어느새 나타나 있고

잎새가 다 떨어져도… 그대로 가지는 남아있네.

아름다운 이유

웃음

그건 축복이다.

웃을 수 있는 게 축복이고

웃음을 주는 것은 더한 축복이다.

웃음이 피어난 순간은 축복이 내려온 순간이고

웃음이 아름다운 사람은 축복을 품고 있는 것이다.

웃음이 퍼지는 순간은

물 위에 물감이 퍼지는 느낌만큼 신비로우며

웃음이 지속되는 순간은

내가 본 저 하늘 위 구름이 사라지는 시간만큼

오래되는 것 같다.

웃음

그건 아름답다.

그것이 당신이 아름다운 이유.

유연해진다는 것

이삿짐 정리는 언제나 과거와의 강제적인 대면이다. 빨리 짐을 싸야 한다며 조급해하던 중 먼지 쌓인 초등학교 5학년 때의 일기장을 펼쳐 들고 말았다. 20년도 더 지난 낡은 종이 위에는 내가 알지 못하는 낯선 '강민혁'이 살고 있었다. 내 기억 속의 나는 활발하지만 수줍음 많고 묵묵히 제 몫을 하는 아이였는데, 활자 속의 아이는 전혀 달랐다. 거침없었고 자신의 주장을 서슴없이 내뱉었으며 자신감이 넘쳐흘렀다.

억지로 쓴 일기는 한두 줄로 끝내버리면서도 좋아하는 운동 이야기는 페이지가 넘어가도록 자세히 적어 내려간 흔적들. 하고 싶은 말은 어떻게든 돌려서라도 해야

직성이 풀리는 불같은 성미. 환경에 빠르게 적응하다가도 나만의 선을 넘으면 가차 없이 반응하는 까칠함까지.

"나, 원래 이런 애였어?"

나조차 잊고 있던 내 안의 뜨거운 기질을 20년 전의 꼬마가 증명하고 있었다. 어릴 적 취향이 지금과 놀랍도록 똑같은 것처럼, 내 성격의 뿌리도 그때 이미 완성되어 있었던 것이다. 하지만 일기장 밖의 '현재의 나'를 돌아보면, 변하지 않은 것만큼이나 변한 것들도 분명 존재한다.

예전의 나는 다이어리를 들고 다니며 생활 계획표를 짜듯 하루의 일과를 분 단위로 쪼개어 살았다. 여행을 갈

때도 마찬가지였다. 버스 타는 시간, 기차 타는 시간, 이동 시간, 밥 먹는 시간까지…. 내 계획표에는 '변수'가 들어올 틈이 없었다.

계획대로 되지 않으면 불안했고,
빈틈을 용납하지 못했다.
그런데 지금의 나는 어떤가.

여전히 큰 계획은 세우지만, 예전처럼 강박적으로 빈칸을 채우지는 않는다. 정말 원하는 곳과 하고 싶은 게 아니라면 딱히 정해놓지 않고 발길 닿는 대로 걷기도 한다. '3시 30분 기차가 있다'는 정도만 알아두고, 놓치면 '다음

기차는 몇 시지?' 하고 검색해서 그 시간에 맞춰 다른 행동을 한다. 놓친 기차를 아쉬워하기보다, 기차를 기다리며 마시는 커피 한 잔의 여유를 즐길 줄 알게 된 것이다.

일기장 속의 '거침없는 성격'은 여전한데, 삶을 대하는 '빡빡한 태도'는 이토록 유연해졌다. 평생 책 읽는 것을 질색하던 내가 이제 와 새로운 시선을 찾아 글을 쓰고 있다는 사실도 새삼 신기하게 다가온다.

20년 전 일기장 속에 숨어 있던 그 거침없는 아이를 다시 꺼내어, 이번에는 조금 더 여유롭고 근사한 옷을 입혀주고 있는 과정인지도.

이삿짐 정리는 또 늦어졌다.

시간이라는 장난

미래를 꿈꾸는 동시에 걱정하고

과거를 후회함과 동시에 그리워한다.

현실을 체감하면서 외면하고 싶어 하고

현실을 마주하면서 우린 모두 겁을 낸다.

현실 속 미래와 과거는

우리가 만들어 놓은 시간이라는 장난 같지만

미래와 과거가 없다면

우리의 현실은 더 무섭고 겁이 났을 것이다.

녹아내린 확신

나이가 들수록, 시간이 지날수록

내 입에서 '당연하지'라는 말이 줄어든다는 것.

그것은 내가 그만큼 세월을 지나보냈다는 증거였다.

돌이켜보면 지나간 시간 속에는

'당연한 것'들이 참 많았다.

그때는 가능한지, 불가능한지

그 결과를 나중에 알아도 괜찮았으니까.

그래서 "할 수 있어?"라고 물으면

"당연하지."라고 대답했고

미래의 결과들 또한 당연히 내 편일 거라 믿었다.

하지만 세월이 흘러간 만큼

내가 당연하게 여겼던 확신들도 함께 쓸려 내려갔다.

확신할 수 있는 일들이 점점 적어진다는 건

내 시간의 심지가 타들어 가고 있다는 방증일까.

이제는 그 많던 당연함들이

다 녹아내린 촛농처럼 희미해져 가는 듯하다.

한 조각의 붉은 마음

무궁화의 꽃말은 '일편단심'이다.

무궁화는 꽃잎의 가운데 부분만 붉은색인데

그 모습이 마치

한 조각의 붉은 마음처럼 보이기 때문이다.

그런데,

민들레에도 일편단심이란 말이 종종 붙는다.

'일편단심 민들레'

민들레에 일편단심이란 말이 붙은 이유는

민들레의 뿌리 때문이다.

민들레의 뿌리는 곧게 내리뻗어 있는데

중심의 뿌리 하나가 굵고 곧아

다른 일에 흔들리지 않고

한 가지에만 절개를 지킨다는 것이다.

내가 민들레를 좋아하는 이유는

일편단심 민들레라는 말 때문이다.

일편단심

一(하나 일) 片(조각 편) 丹(붉은 난,단,란) 心(마음 심)

한 조각의 붉은 마음의 민들레.

내가 일편단심 민들레를 좋아하는 이유는

한 조각의 붉은 마음의 민들레이기 때문이다.

곧게 내리뻗은 뿌리에 한 조각의 붉은 마음이라…

그 마음 한번 느껴보고 싶지 않은가.

끈을 놓지 않는 너에게

인연이 끊어지지 않는 이유는

운명이기 때문도 있겠지만

그 절반 이상은

끈을 놓지 않으려 했던

네 마음과 노력 덕분이라는 걸.

그러니 이제는 운명이라는 말에 기대기보다

변함없는 마음을 서로 신기해하며

그렇게 발맞춰 걸어가 보자.

산타와 루돌프 그리고 그 선물

걱정하지 마요.

음, 걱정하진 않겠지만 혹여라도

신경 쓰지 마요.

나는 많은 걸 받았어요.

당신의 따뜻한 손길도 느껴졌기 때문에 받았던 거고

당신의 알 듯 모를 듯한 눈길도 내 눈에 담았기 때문에

당신은 나에게 준 거나 다름없어요.

나는 많은 걸 받았어요.

내게 표현하기 힘들어했던 당신이었지만

내가 무언의 느낌을 받았던 건 틀림없어요.

주지 않았다고 생각하지 마요.

주지 않는다고 신경 쓰지 마요.

나는 많은 걸 받고, 안고, 행복했으니까요.

내 칭찬을 하는 건 아니에요.

당신 곁에 있는 좋은 사람들은

이미 많은 것을 받았을 거예요.

그렇다고 무엇이든 원하는 사람에게

억지로 주려 하지 마세요.

그대의 말 한마디, 눈길 한 번,

그리고 소중한 마음까지

그대 자체로 하늘 아래 내려진 아주 큰 선물이니까요.

그 선물을 알아보는 사람만이

크리스마스에 루돌프와 함께 내려온

산타 할아버지가 준 선물보다 더

좋아할 거예요.

마치 나처럼 말이죠.

그때 그리고 지금

'그때' 내가 용기 내지 않았더라면

'지금' 네게 용기 받지 못했을 거야.

그건 그저 순리에 대한 착각

어떻게 그리 아름답게 저무는가.

어찌하여 그리 차분히 가라앉는가.

대체 그대는 어떻게

노을처럼 아름답게 차분히 앉아서

나를 바라보고 있는가.

영원의 한계, 순간의 무한

영원의 약속 속에 갖고 있는 영원의 한계

순간의 행복 속에 갖고 있는 순간의 무한.

느낌표와 물음표 그리고 마침표

멋지다!

멀리 넓게 보자!

담아내자! 남기자!

예술을 하느냐고?

아니,
난 기억력이 좋지 않아서 말이야.

어느 여름

언제였던가, 커다란 보름달 아래에서

너는 갑자기 두 손을 모으며 소원을 빌어야 한다고 했어.

그러면서 나에게도 빨리 소원을 빌라고 하더니

다 빌고 내게 무슨 소원 빌었냐고 물어보더라.

나는 너랑 잘 되게 해달라고 빌었다고 말할 수 없어서

그냥 우리 둘 다 행복하게 해달라고 빌었다 했어.

너의 소원은 무엇이냐 되물었더니

너는 나중에 말해준다며 웃어 보이고는

돌아서서 가버렸지.

나는 무슨 소원인 줄도 모르면서

우리 소원을 빌었을 거라 웃으며 널 따라갔고.

무제 혹은 질문

평생,

사랑은 전부라 생각했던

나에게

처음,

사랑도… 과유불급일까?

라고 물었다.

참

네가 좋아.

네가 '참' 좋아.

딱 한 마디만 더 했더라면

더 기분 좋은 하루를 맞이했을 텐데.

참의 의미.

딱 한 마디의 힘.

네가 있어서 참 좋은 세상이야.

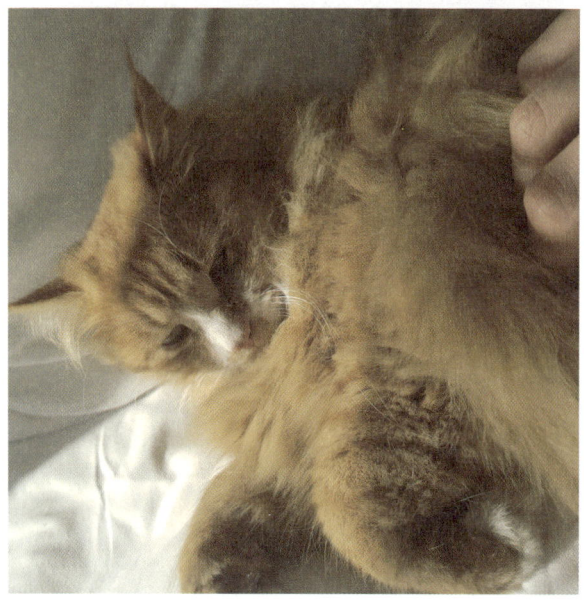

언제나 함께했던 이야기들

그대로의 당신

그대로의 당신을 보았습니다.

그대로의 당신만 보았습니다.

그래서인지 많은 기억은 없습니다.

그대로의 당신과 대화를 나누고

그대로의 당신만 생각했습니다.

그래서인지 많지 않은 기억은 아쉽게만 느껴집니다.

이제

그대로의 당신을 기억하고 그리워합니다.

그래서인지 그대로의 당신만 사랑했습니다.

오늘따라

오늘따라, 네가 보고 싶다.

오늘따라, 네 생각이 난다.

오늘따라, 네 곁에 있고 싶다.

오늘따라, 오늘따라,

그렇게 매일 보고 싶어 했고, 생각났으면서

왜 오늘따라, 라고 했을까.

그래, 오늘따라 더 그러한 건

더 이상 내일은 그렇지 않을까 봐 무서워서.

그냥, 내일 이만큼 사랑하지 못하더라도

오늘따라 너를 이만큼 무척 사랑하고 싶은가보다.

그런 사람

계속 쓰다듬어 달라는

강아지의 손길도 있는데

한번 바라봐 줬으면 하는

저의 눈길은 어찌 안 될까요.

맞아요, 안 돼요.

쓰다듬어 주면 좋아라 끝나는 강아지가 아니라

한번 바라봐 주면

그대로 눈길이 머물길 바라는 사람이니까요.

그런 사랑을 바라니까요.

죽음만큼

살면서 죽고 나서 어떻게 해야 하는지는 배운 적 없다.

죽음이 두려운 이유는

그 이후로 아무것도 알 수 없기 때문이기도 할 테고

사랑하는 이들과 더는 함께하지 못하고

함께한 소중한 시간에

작별 인사를 해야 하기 때문이기도 하겠지.

만약 죽음만큼 두려운 게 있냐고 묻는다면

나는 너라고 말할 것 같다.

같은 세상 아래 너를 잃고 함께하지 못한다면

작별해야 한다면

이 세상에서 내 몸이 기억하는 모든 아픔보다

더 아플 테니.

죽음이 어떤지 얘기해 준 사람은 아무도 없다.
죽음과 네가 어떻게 같은 두려움일까 싶다가도
죽음만큼 두려운 게 너 같다.

너란 존재의 두려움을 극복했을 때 그땐,
죽음의 두려움이 얼마나 큰 것인지 알게 되겠지.
죽음의 두려움을 극복했을 때 그땐,
네가 죽음의 두려움을 극복하게 해준 걸지도 몰라.

죽음의 순간이 닥쳤을 때의 슬픔은 알 것 같지만

우리는 모르듯.

너와의 순간이 끝났을 때의 슬픔도 알 것 같지만

나는 알 수 없다.

이 둘은 나에겐 알 수 없는 두려움이다.

어쩌면 아직은,

나에게 죽음보다 더 큰 두려움은 너일지도.

차라리

모자람 없이 주었던 너에게

아쉬움을 느낀 거라면

내가 모자란 거라고 생각할게.

모자람 없이 주었던 네가 아쉬움을 느낀 거라면

아쉬움을 주었던 내가 모자란 거라고 생각할게.

내 방 안에선

창문 밖으로 자동차들이 도로 위를 달리는 소리가

조명 하나 없이 어두운 내 방 안에선 파도 소리 같다.

나갈 수 있을 거야

밤이 길어졌다.

조용한 시간이 많아졌다.

잠이 줄어든 건 아니었고

여전히 오랫동안 잠만 자고 싶다.

늦은 하루의 시작은 야속하게도 짧을 수밖에.

해가 지고 어둠이 짙어질수록

더욱더 일과 사람을 찾아 헤맨다.

마치 내게 시험이라도 하듯

상황을 자꾸만 어렵게 만든다.

인간이 이길 수 없는 어둠의 영역.

패배를 인정해도 돌아가기 어려운 빛의 영역.

이건, 내가 알아낸 우울의 영역.

괜찮아,

여기가 어디인지 알고 있으니

이제 곧, 나갈 수 있을 거야.

내 마음 그대로의 사실

그냥.

편한 사람과 대화를 하다 보면

많은 이야기가 오고 간다.

아무런 주제 없이

아무런 생각 없이

유랑자처럼 자유롭게.

자유롭게 떠도는 이야기들은

새 학년 새 학기의 첫 만남처럼

가슴 뛰는 설렘 같다.

그냥.

편한 사람과 나누는 대화가 좋다.

나의 눈동자가 너의 눈동자를

어루만지며 나누는 대화가 좋다.

그렇게 시간이 흐르다 보면

표현력이라고는 모두 남 줘버린 나한테도

진심이라는 것이 나오더라.

내 머리와 입의 의지와 상관없이 나오더라.

어떻게 표현해야 할까.

어떻게 전해야 할까.

한 번 더 생각한 그 진심 말고

지금 네 두 눈을 바라보고 하는 대화 속

내 마음 그대로의 사실을 말이야.

마치 아이가 부모에게 장난감을 사달라며

투정부리다 흐르는 눈물 같은 것들 말이야.

어떻게 표현해야 할까.
어떻게 전해야 할까.
한 번 더 생각한 그 진심 말고

지금 네 두 눈을 바라보고 하는 대화 속
내 마음 그대로의 사실을 말이야.

언제나 함께했던 이야기들

어쩌면 바람인가 보다고

바람은 눈에 보이지 않는다고.

하지만 왼쪽에서 부는지, 오른쪽에서 부는지,

어디서 부는 바람인지는 느껴진다고.

선선한 바람인지, 강한 바람인지,

시원한 바람인지, 온기가 담긴 바람인지

느낄 수 있다고.

사랑도 눈에 보이지 않는다고.

하지만 오는 사랑인지, 가는 사랑인지,

어떻게 될 건지는 느껴진다고.

따뜻함의 사랑인지, 차갑게 식어가는 사랑인지

느낄 수 있다고.

보이는 듯 무언가 알 것같이 느껴지는 게

사랑은 어쩌면 바람인가 보다고.

춤을 췄을 것이고, 연주했을 것이고

다섯 손가락의 작은 무대인데

열 손가락 다 펴 보여준다 한들

열 손가락 치켜들 점수를 받을 수 있을까.

다섯 손가락의 큰 무대에서는

넷, 다섯을 보여주면

열 손가락 치켜들 점수일 수도 있지.

꿈을 크게 갖지 말란 얘기가 아니다.

작은 무대에서 더 크게 보여줄 것이 있고

큰 무대에서도 작게 보여줄 것이 있지 않을까.

내게 주어진 상황이 있고

그 상황에서 보여줄 내가 있는 것이다.

난 그리고 넌,

그 무대에 맞춰 춤을 췄을 것이고

연주했을 것이고

몸을 맡겼으리라.

내게 주어진 상황이 있고

그 상황에서 보여줄 내가 있는 것이다.

내 옷에게

나보다 네가 더 비를 맞아주었구나.

나보다 네가 더 따뜻하게 감싸주었구나.

나보다 네가 더 함께 한 시간이 많았구나.

그렇구나,

나보다 네가 더 해준 게 많은 것 같구나.

나보다 네가 더 안아주었구나.

나보다 네가 더 따뜻하게 감싸주었구나.

나보다 네가 더 함께 한 시간이 많았구나.

그렇구나,

나보다 네가 더 그 사람에게 해준 게 많은 것 같구나.

그래, 혹시라도

네가 아직 그곳에서 살고 있다면 말이다

나의 등껍질 분신들아,

나 대신 한 번이라도 더 옆에 있어 주어라.

가장 쉬운 표현

기다리는 것이 가장 쉬웠다.

널 기다리는 건

내가 널 좋아한다는

가장 쉬운 표현 중 하나였다.

꽤나 괜찮은 곳

하늘을 날고 싶다고 생각했을 적에는

푸르고 맑은 하늘의 아름다움을

조금이라도 가까이서

아무것도 방해받지 않고 느껴보고 싶었나 보다.

지금 서 있는 이곳에서 보이는 하늘은

빌딩과 사람들 그리고 시끄러운 자동차 소리에 가려서

방해받는 느낌이 드니까.

새들이 날아다니는 것을 볼 때마다

방해받을 것 없이

하늘을 다니는 자유로움이 부러웠나 보다.

지금 걷고, 뛰며 다니는 이곳보단

하늘이 조금 더 편할 것 같은 느낌이 드니까.

많은 곳을 다니면서

그렇게 보고 싶고, 부러웠던

하늘이라는 곳을 다녀왔어.

아시아, 유럽, 오세아니아, 북미, 남미⋯

아프리카는 아직 못 갔다 왔지만,

언젠가 내가 조금이라도 힘이 돼주고 있는

부르키나파소에도 갈 거지만,

생각보다 많은 하늘길을 날면서

눈앞에 펼쳐진 하늘을 보곤 했어.

생각했던 것처럼 하늘은 푸르고 맑았어.

하늘색 바탕에 흰 구름만 떠 있는

빌딩과 사람들의 방해가 없는 그곳을 날았지.

그런데 말이야,

내가 하늘 위에서 느낀 가장 아름다운 순간은

땅 위로 바쁘게 움직이는 차들,

꿋꿋하게 그 자리에서 누군가를 기다리는 집들과 공원,

어디론가 놓여 있는 길들이

흰 구름이 떠다니는 하늘과 함께 어우러진 광경이었어.

생각보다 하늘은

땅 위에서 상상한 딱 그만큼 느껴졌고,

생각보다 땅은

지난 시간 동안 생각한 것 이상으로 아름다운 곳이더라.

어쩌면,

평생 날아다니며 자유롭게 살아도 될 새들이

이 땅 위에 내려와 쉬었다 가는 것도

꽤나 이곳이 괜찮은 곳이기 때문 아닐까.

날려 보내고 싶었던 너의 존재 역시

이 땅 위에 있기에,

꽤나 이곳이 괜찮은 곳 같아.

다 그런 건 아니야

1판 1쇄 발행	2022년 3월 25일
2판 1쇄 발행	2026년 4월 22일

지은이	강민혁

펴낸이	이장우
책임편집	송세아
사진	강민혁
마케팅	정성윤
디자인	theambitious factory
편집 제작	안소라 김한다
인쇄	KUMBI PNP
배본	고려출판물류

펴낸곳	도서출판 꿈공장플러스
출판등록	제 406-2017-000160호
주소	서울시 성북구 보국문로 16가길 43-20 꿈공장 1층
이메일	ceo@dreambooks.kr
홈페이지	www.dreambooks.kr
인스타그램	@dreambooks.ceo
전화번호	02-6012-2734
팩스	031-624-4527

* 저자 고유의 '글맛'을 위해 맞춤법 및 표현 등은 저자의 스타일을 따릅니다.

ISBN	979-11-24181-12-6
정가	22,000원